BALUSTER

Psychografie

Christoph Sebastian Widdau

Bibliografische Information der Deutschen Nationalbibliothek:
Die Deutsche Nationalbibliothek verzeichnet diese Publikation
in der Deutschen Nationalbibliografie; detaillierte
bibliografische Daten sind im Internet über dnb.dnb.de
abrufbar.

Herstellung und Verlag:
BoD – Books on Demand, Norderstedt

ISBN: 9783757830274

INHALT

SALBUNG

„Darf ich dich salben?"

    „Ich verbiete es dir."

„Dann versuche ich es so: Gestattest du mir, deine
Zehen zu segnen? Deine Finger, Lippen und Zunge?"

    „Segne Zehen und Finger. Weil uns nichts
    anderes bleibt. Segne nicht meine Lippen,
    nicht meine Zunge."

„Du erlaubst und du verbietest?"

    „Nicht zwecklos. Damit wir nicht verfliegen
    in einer Schwade aus Nichts."

„Ich gestehe: Ich begehre, deine Lippen zu segnen.
Ich möchte deine Lippen mit meinen Lippen
segnen."

    „Es berührt mich, dass du gestehst."

„Doch du gestehst nicht? Du erbarmst dich nicht?"

    „Ich gestehe nicht. Ich erbarme mich nicht."

„Es berührt mich, dass du dich nicht erbarmst."

    „Wir segnen und segnen. Ich zittere. Das
    ängstigt mich. Verstehst du?"

„So können wir auch nicht sein."
„Notgedrungen."

„Darf ich dich entweihen, mein Lieb?"
„Wenn dir nichts bleibt als das."

„Sie kennen mich nicht."
„Du kennst mich auch nicht."

„Darf ich Sie schlagen?"
„Ja."

„Darf ich Ihre Lippe blutig schlagen?"
„Ich gestehe: Dafür ist es zu spät."

„Sie und ich – wir reihen uns ein?"
„Wir reihen uns ein. Und grüßen einander."

„Ich danke Ihnen."
„Gern geschehen."

„Darf ich Ihnen etwas schenken?"
„Zu spät."

„Sie verwunden mich."
„Darf ich Sie salben?"

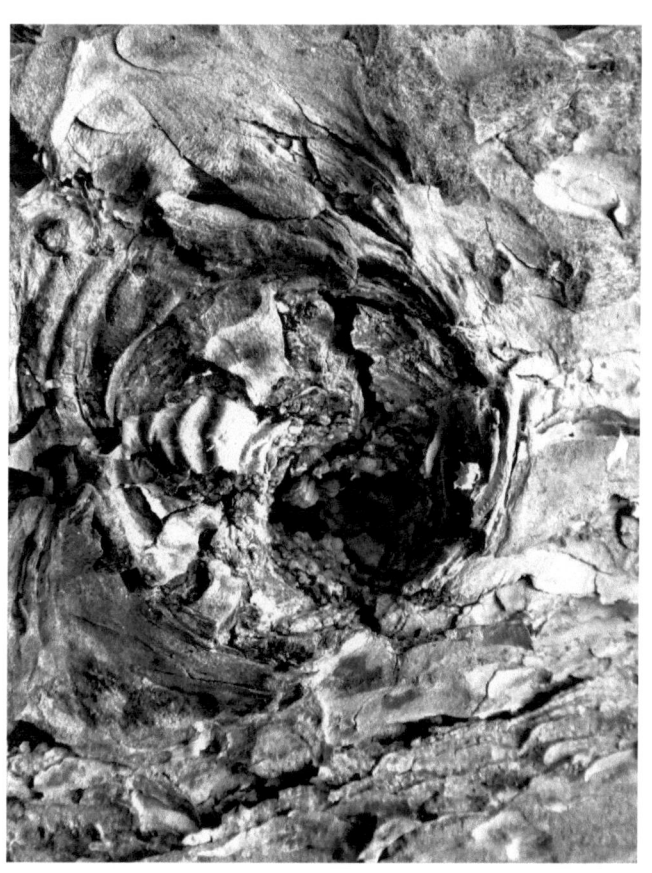

SPRENGUNG

Nachdem das Scheusal erlegt worden war, fragten sich die Einwohner des Dorfes, in dem das Scheusal existiert hatte, was sie mit dem Erlegten anstellen sollten. Sie beriefen einen außerordentlichen Rat, der sich damit beschäftigen sollte, wie die Frage zu beantworten sei.

Einige Mitglieder des Rates waren der Ansicht, dass man den Körper des Scheusals in einer Vollmondnacht verbrennen sollte. So war einmal in einem ähnlichen Fall in einem anderen Dorf entschieden worden.

Andere Mitglieder des Rates plädierten dafür, den Körper des Scheusals in dem nahegelegenen See zu versenken. Mit schweren Gewichten – nur, um sicherzugehen. Dies wäre eine Entscheidung, an der sich in der Folge andere Dörfer orientieren könnten.

Wiederum andere Ratsmitglieder stellten die These auf, dass es richtig sei, den Körper des Scheusals zu sprengen. Denn dies würde den Traditionen und Gebräuchen des eigenen Dorfes entsprechen und zur eigenen Ehre gereichen.

Man beriet und beriet. Der Beratungsschluss besagte: „Die Mitglieder des außerordentlichen Rates können sich nicht auf ein Urteil einigen." Die Sachlage war kompliziert.

Der Körper des Scheusals lag. Bisweilen wurde er gewendet, wie ein Schnitzel in einer Pfanne. Die Wendenden wussten nicht so recht, weswegen sie den Körper wendeten. Gar nichts mit dem Körper zu tun, schien auch keine gute Lösung zu sein.

Einige Zeit später wurden zwei Schlichter bestimmt, die dem Rat nicht angehört hatten, eine ehrenwerte Frau und ein ehrenwerter Mann. Sie steckten die Köpfe zusammen. Eine Schlichtungstaktik musste entwickelt werden. Sie grübelten und grübelten. Das dauerte eine Weile.

Als sich die beiden Schlichter nicht einigen konnten, war es absehbar, dass es ihnen nicht gelingen kann, den Streit unter den Mitgliedern des Rates zu schlichten – denn mittlerweile war es zu einem Streit geworden, einem teils handfesten Streit darüber, was mit dem Körper des Scheusals zu tun sei. Es gab mehrere Szenen, von denen jemand sagte, dass sie ‚hässlich' gewesen seien.

An Ideen derjenigen, die dem außerordentlichen Rat nicht angehörten und die keine Schlichter waren, mangelte es – weiß Gott – nicht:

Der Metzger sagte, dass er eine Idee habe. Doch die Zeit dränge. Genießbarkeit sei ein kostbares Gut.

Die Lehrerin sagte, dass sie eine Idee habe. Das neue Schuljahr stehe vor der Tür. Man müsse doch auch an die Kinder denken. Geschichtsunterricht am konservierten Objekt sei eine Innovation.

Der Priester sagte, dass er eine Idee habe. Das nächste Opferfest lasse sich vorverlegen. Gott verstehe das. So schlage man Fliegen mit Klappen.

Die Jägerin sagte, dass sie eine Idee habe. Köder könne sie gar nicht in zu großer Anzahl bevorraten.

Es war ein Fest der Ideen. Jemand ließ in großen Lettern setzen: „Es ist ein Fest der Ideen." Dies war dann in der Zeitung des Ortes zu lesen.

Einige nahmen die Überschrift in der Zeitung
interessiert und zustimmend zur Kenntnis, andere
schüttelten nur noch mit dem Kopf. Einigen war
noch festlich zumute, anderen schon nicht mehr.
„Wieso es überhaupt eine Zeitung gibt", sinnierte
ein alter Mann.

Der Scheusalrest suppte derweil in der Gluthitze vor
sich hin. Schmolz vor sich hin. Verformte sich vor
sich hin. Geblubber. Es war der heißeste Sommer,
den man sich nur vorstellen kann. Sonnenbrände.
Es war ein denkbar ungünstiger Zeitpunkt für diesen
Zustand des Scheusals.

Der sich verfärbende Körper des Scheusals wurde
überflogen – von Fliegen, von Vögeln, von allerhand
Geschmeiß. Des Scheusals Überbleibsel begann zu
stinken. Ein übler Geruch überzog das Dorf – ein
unangenehmerer als der, den es zu Lebzeiten des
Scheusals zu erdulden gegolten hatte. Der Körper
verrottete. Dies festzustellen, bedurfte es keines
Experten.

Ein Ratsmitglied stellte in einer eigens anberaumten
Dringlichkeitssitzung den Antrag, über die Frage zu
beraten, wer für den üblen Geruch, der das Dorf

überzieht, verantwortlich sei. „Wenn es eine Folge gibt, dann muss es auch eine Ursache geben", entfuhr es ihm. Ein anderes Ratsmitglied verwies sodann auf das Scheusal. Doch das Scheusal konnte nicht mehr verantwortlich gemacht werden. Der Metzger hatte alle Prüfungen bestanden. Ihm war nichts anzulasten. Man steckte die Köpfe zusammen. Auch die beiden Schlichter waren zugegen.

Tief in einer Nacht – ein kühlender Wind blies – war es soweit: Die Jägerin wurde bezichtigt. Immerhin war sie es doch gewesen, die das Scheusal erlegt hatte. Es erlegt zu haben, sei eine Leistung, die nicht geringzuschätzen ist, doch die Folgen – die Folgen hätte sich die Jägerin vergegenwärtigen müssen, als sie zielte und schoss. Eine große Teilschuld sei nicht zu leugnen. Ursache und Folge. Erst Ursache, dann Wirkung.

Jemand verlautbarte: Man wisse, dass man der Jägerin einst sehr dankbar sein wird. Dass man sie ehren wird. Dass man sie preisen wird. Doch in der Abwägung aller Argumente bleibe unter den gegenwärtigen Vorzeichen kein anderer Schluss als dieser: „Der außerordentliche Rat möge beschließen, die Jägerin zu bestrafen."

Der Körper des Scheusals wurde in der Zwischenzeit seinem Schicksal überlassen. Er zersetzte sich in der Nähe des Marktplatzes. Mit manchem Rest konnte man spielen. Geblubber. An den Anblick und an den Geruch gewöhnten sich die Einwohner des Dorfes. Zumindest spricht nichts gegen die Annahme, dass sie sich daran gewöhnen würden.

Die Jägerin wurde gesprengt. Das ging schnell und es entsprach den Traditionen und Gebräuchen des Dorfes.

Der üble Geruch, den man so nicht mehr bezeichnen darf, überzieht das Dorf noch immer. Einige unschöne Hinterlassenschaften der Sprengung hängen an Dächern. „Das ist doch nur noch makaber!", moniert jemand. Einige stimmen zu, indem sie mit den Häuptern nicken. Irgendeiner applaudiert. Eine Tröte geht. Doch niemand weiß zu sagen, was genau „nur noch makaber" ist.

Der Rat, ursprünglich befristet eingesetzt, kommt nun nicht umhin, die nächste Frage zu beantworten. Zu beraten. Nicht infrage zu stellen ist, dass die Reinigung der Regenrinnen eine Frage öffentlichen Interesses ist.

SPRECHSTUNDE

„Lassen Sie uns beginnen."

  „Gern. Darf ich ergänzen?"

„Nur zu!"

  „Lassen Sie uns bitte so beginnen, wie wir
  beginnen sollten. Sie und ich. Wie es der
  Distanz zwischen uns entspricht, die wir
  messen und messen. Die Distanz, die wir
  dulden. Dulden müssen."

„Wie, denken Sie, sollten wir beginnen?"

  „Sie sagten: ‚uns'. Ich sagte: ‚wir'. Man sagt:
  ‚simulierte Nähe, ohne Absicht, einander zu
  täuschen'. Aus der Ferne rufe ich Ihnen zu.
  Weil wir uns einig sind, dass es Ferne ist."

„Wir sind uns einig."

  „Gestatten Sie mir, so zu beginnen: Ich
  freue mich nicht, Sie zu sehen. Ich würde
  lügen, wenn ich sagte, dass es mich freut,
  Sie zu sehen. Es wäre unaufrichtig, Sie dies
  glauben zu lassen. Vielleicht sogar: hoffen
  zu lassen. ‚Unaufrichtig'. Erinnern Sie sich?"

„Ich erinnere mich."

„Das Adjektiv notierte ich einmal. Hier.
Den Zettel platzierte ich auf dem Tisch.
Zwischen der Tasse mit dem Vasenmotiv
und der Vase mit dem Tassenmotiv. Ich
hatte gekritzelt: ‚Notat: unaufrichtig.' Ob
das Notat mir galt, Ihnen galt: Es galt."

„Ist es Ihnen wichtig, aufrichtig zu sein?"

„Mehr als das. Gemütsbestimmend. Weil
man sich selbst ansonsten nicht berührt,
verstehen Sie? Genug davon. Piesackt der
Zeiger schon? Oder darf ich vor Ihnen
eine banale Geschichte entspinnen?"

„Entspinnen Sie, nur zu! Ich bin sicher, dass Sie uns
überraschen werden. Sie ist bestimmt nicht banal."

„Glauben Sie mir, dass ist sie. Eine banale
Kindergeschichte. Ich kann nicht sagen, wie
alt ich war, als mich meine Großmutter zu
nötigen suchte. Ein Kind war ich. Mit langen
Strümpfen. Einer Spange im Mund, Tag und
Nacht. Mit Klebehaar. Mit stets abgekauten
Fingernägeln. Flügellahm. Zwischen Etwas
und Jemand. Zwischen, das nach oben oder
nach unten blickte. Genötigt werden sollte.

Anders könnte ich es selbst dann nicht
beschreiben, wenn ich mir wünschte, es
anders beschreiben zu können."

„Heute kauen Sie nicht mehr an Ihren Fingernägeln."
„Ich habe anderes entdeckt. Substitute, die
ich auch im Hemdärmel verstecken kann.
Die ich verbergen kann."

„Fahren Sie fort."
„Ich wäre nicht im Traum auf den Gedanken
gekommen, im Leben nicht, die Großmutter
nicht ‚Großmutter' nennen zu sollen. Zu
dürfen. Zu wollen. ‚Omama' wäre meinem
Kindermund niemals entfahren. Heute denke
ich: ‚Großherrin', dies wäre die passgenaue
Bezeichnung. Der einzig angemessene Titel.
Damals fiel er mir nicht ein."

„Glauben Sie, dass es anderen Menschen so wichtig ist
wie Ihnen, wie man etwas oder jemanden bezeichnet?
Sie legen viel Wert darauf."
„Das muss ich. Ich darf nicht mehr zu viel
borgen von denen, die mir fremd sind. Erst
recht nicht Worte. Der Wert ergibt sich von
selbst, wie es heißt. Ich setze ihn nicht fest.

Dann beginnt die Geschichte: Großmutter, ich, womöglich weitere Familienmitglieder standen im Flur unseres Hauses. Der Menzel hing. Auch eine Uhr. Man langweilte sich aneinander. Stimmung versank in Ödnis. Ich behaupte, dass nur wir, meine Großmutter und ich, hören konnten, was sie sagen würde. Bald würde sie ihren Geburtstag feiern. Groß feiern, sehr groß. Ein Festsaal war angemietet worden. Die Karte stand. Mahlzeiten und Getränke. Käse, Torten, Schinken, schwarze Brühe, Braten, rote Brühe, weiße Brühe, Heimatbier, blonde Brühe. Vielleicht stand auch schon die Abfolge der Tänze fest. Der Ortsvorsteher probte, ganz bestimmt."

„Freuten Sie sich auf das, nun ja, ,Fest der Brühen'?"
„Ich fürchtete mich. Ich wusste, dass meine Großmutter voraussetzte, beschenkt zu werden. Was ich, ihr Enkel, schenken sollte, stand für sie fest, bevor ich darüber hätte grübeln können, was ich schenken möchte. Ich hätte ihr nichts schenken wollen, wenn ich in der Lage gewesen wäre, mir Gedanken darüber zu machen, ob ich sie beschenken will. Doch gleich ist's: Sie insistierte."

„Sie insistierte. Was sollten Sie ihr schenken?"

„Einen Gesang. Liedgut. Meinen Klang."

„Darin bestand die Nötigung?"

„Zum einen wollte ich nicht vor anderen
singen. Nur der Gedanke, vor anderen singen
zu sollen, ließ Klang ersterben. Es war so, als
würde sie mich über eine Planke schicken.
Exitus am Ende der Bohle. Ich ahnte nicht,
dass man über meine Fehler hinweggehört
hätte. Vielleicht sogar die Großherrin. Es
fühlte sich so an, als ob ich geprüft werde und
bestmöglich bestehen MUSS. Ich dachte: ‚Du
musst beweisen.' Wenn es heißt: ‚Beweise
etwas!', dann beweise ich nur, zu versagen.
‚Beweise mir, dass du des Sehnens wert bist!',
dann beweise ich, verlorene Erinnerung sein
zu sollen. Das ist ein Gesetz, das wir mit
Übung brechen könnten, richtig?"

„Richtig. Und zum anderen?"

„Zum anderen wollte ich der Großmutter
nicht geben, was sie mir ausdrücklich aufgab,
ihr geben zu sollen. Sie schnitt: ‚Ich wäre
sehr, sehr traurig, wenn du nicht singst.' Die
Schuld des Enttäuschens. Die Großherrin

pflanzte ein: ‚Entspreche mir, wie ich dich auffordere, mir zu entsprechen, sonst bin ich verletzt.' Das saß.“

„Sie sorgten sich, ihr nicht zu entsprechen?“
„Mein Kinderglaube: Einander zu entsprechen ist etwas, das sich ergibt, das keine Aufgabe ist, keine Forderung, sondern Geschehen.“

„Sie sangen, nehme ich an.“
„Ich sang. Ein Volkslied. Ein schönes, ein altes. Mehrere Verse und Strophen. Eine Melodie, die sich leichthin erlernen ließ.“

„Was geschah, nachdem Sie gesungen hatten?“
„Ich weiß es nicht.“

„Sie wissen es nicht?“
„Keine Erinnerung. Weder kann ich mich an die Feier erinnern noch an das, was geschah, nachdem die wilde Brühenmelange verspeist, getrunken, aufgesogen worden war. Die Prüfung war angesetzt worden. Die Prüfung war abgenommen worden. Der Rest – fort. Wie ausradiert. Ich muss annehmen, irgend gescheitert zu sein.“

„Interessiert Sie, was danach geschah?“

„Nein.“

„Was interessiert Sie?“

„Was bleibt. Nur das. Sonst würde es nicht
bleiben.“

„Können Sie lieben?“

„Ich weiß es nicht. Manchmal misstraue ich
mir. Können Sie es? Sind Sie sich sicher?“

„Singen Sie für mich?“

„Nur dann, wenn Sie mich lieben. Aber Sie
lieben mich nicht.“

„Waren Sie heute aufrichtig?“

„Nichts als das. Wohin es auch führen mag.
Den Preis dafür möchte ich zahlen. Den Preis
dafür zahle ich.“

„Womit möchten Sie zahlen?“

„Mit gesammelten Quittungen, wenn Sie
gestatten.“

„Ein Lied zum Besten zu geben, würde es auch tun. Das ‚sättigt‘ mehr als Ihre Quittungen. Was halten Sie davon? Denken Sie noch einmal darüber nach. Sie dürfen sich das Lied auch aussuchen.“

„Sie wollen, dass ich mich prostituiere und Sie wollen, dass ich mir aussuche, wie ich mich prostituiere. Richtig?“

„Falsch. Mir ging es bloß um die Übung, verstehen Sie? Von der Sie selbst sprachen. Um das Gesetz zu brechen.“

„Entfernen wir uns voneinander?“

„Lassen Sie uns nachmessen. Beim nächsten Mal. Einverstanden?“

„Der Wert ergibt sich von selbst. Zum guten Schluss, zur Feier des Tages: Darf ich aus Ihrer Vase trinken?“

„Woraus sonst?“

„Bingo!“

BLAUBART

In einer Stadt lebte ein Mann, der hatte eine Ehefrau, die er eines Abends zur Rede stellte. „Wieso nur?", fragte der Mann wutentbrannt. „Sage mir: Warum nur hast du diesen Schlüssel genommen, den goldenen, und diese Tür dort hinten geöffnet?", polterte er fordernd, während er mit gestrecktem Zeigefinger in eine Richtung wies. Ein Geschrei, das den Raum erfüllte und einer Urkraft zu entstammen schien, erscholl: „Du wusstest doch: der Schlüssel – tabu. Der Raum – tabu. Allein das Schloss – tabu."

Der Mann, dessen Adern zu platzen drohten und der einen mit roten Tropfen besprenkelten Schlüssel auf den Tisch geknallt hatte, an dem die Ehefrau saß, schnappte nach Luft. Sekunden knisterten. Als würde etwas ausbrechen. Messer hätten geblitzt, wenn sie nicht zuvor verstaut worden wären. Die Augen des Mannes waren gerötet, blutleuchtend. Die Stirn, die vorgerückte, verengte sich in tiefsten Zornesfalten. Seine Muskeln waren unter Hemdärmeln überspannt. Sein Bart, der eigensinnige, wogte. Gebläut schwoll er an im Licht der großen Wohnzimmerlampe. „Weißt du nicht, was du damit angerichtet hast?" Stille.

„Du darfst nicht wissen, wer ich bin. Du darfst nicht wissen, wer ich war. Du darfst nicht wissen, WEM ich war." Der Bart wogte und wogte. „Was hast du in diesem Raum gesehen? Sprich!" Er begann zu tigern und wie eine Raubkatze zu brüllen. „Niemand würde das verstehen. Du nicht. Andere nicht. Es bleibt kein Ausweg, keiner: Dafür muss ich dich bestrafen!" Dann postierte er sich.

Die Frau hatte sich alles in Ruhe angehört. Sie blickte ihren Ehemann während dessen Rede erst irritiert, dann lässig an. Er begann von Neuem: „Wenn du nun sagst, dass da nichts war: Wieso sollte ich dir glauben? Bestimmt hast du etwas gesehen. Einiges. Nein: alles. Alles, was du nicht hättest sehen dürfen. Es gibt so manches, das im Verborgenen liegt, das reift."

Die Frau blieb stumm. Er fuhr fort, nun wieder wie toll, sich wie ein angeschossenes Tier bewegend: „Geheimnisse. Eine Sammlung von Dingen, die unentdeckt bleiben sollte. Ein Mysterium ist man, Gespinst ist man, Schatten und Licht, Licht und Schatten. Weißt du jetzt, wozu ich fähig bin, meine Elendige?" Der Mann schaute die Frau nahezu verzweifelt an. Sie fühlte: eine kurze Pause. Er fühlte: nichts als Grabesstille.

Dann fing die Frau an. Sie erhob sich nicht. Ihr Ton war wohlgesetzt: „Jetzt mach' aber bitte mal halblang! Erstens: Ich habe den Schlüssel doch gar nicht genommen. Du selbst warst es, der ihn mir gegeben hatte, bevor du das Haus verließt. Du hattest genau dies gesagt: ‚Verwahre ihn bitte, Liebes.' Das sind nicht meine Worte. Sondern deine. Da steckte ich ihn in meine Hosentasche. Erinnerst du dich?"

Der Mann schien sich nicht zu erinnern. Geduldig nahm die Frau den Faden wieder auf: „Du warst es doch, der genau das sagte. Und der das, verzeih bitte, garnierte, indem er mit lächerlicher Fuchtelgeste anwies: ‚Nicht da hinten rein, nicht da rein.' Wieso sollte ich auch? Glaubst du nicht, dass ich Besseres zu tun habe?" Kurz setzte Stille ein. Dann setzte sie fort: „Zweitens: Die Tür war nicht verschlossen. Ich stupste sie bloß an, schon war ich im Raum. Ich war hineingestolpert, als ich mich an einem neuen Tanz versuchte. An einer neuen Schrittfolge. Das war alles. Von wegen ‚verschlossen', da war doch gar kein Schlüssel nötig!", parierte die Ehefrau. Sie schaute ihren Ehemann mit einer ausdrucksstarken, einer herausfordernden Unschuldsmiene an. Für einige Sekunden herrschte Stille.

„Und ... und die Tropfen?", entfuhr es dem Mann, von dessen Präsenz man nicht sagen konnte, ob sie sich entspannte. Die Frau dazu, wie beiläufig: „Ach das! Wie gesagt: Ich war mit meinen Tanzschritten beschäftigt. Da passierte es: Ich war, as you know by now, in deinen Raum hineingestolpert, bugsierte mich sacht hinaus, schloss die Türe. Dann schnitt ich mich an den scharfen Blättern der Palme im Flur, bei einer komplizierten Abfolge. Ich verletzte mich an der Hand. Siehst du? Den Schlüssel hatte ich die ganze Zeit in der Hosentasche. Ich muss meine Hand in sie gesteckt haben, und da müssen dann die Blutstropfen an den Schlüssel gekommen sein. Das tut mir leid, ich reinige ihn gleich. Auf das er blinke! Zufrieden?"
Der Mann atmete tief ein, tief aus.

Die Frau dachte nach, blickte an die Zimmerdecke und fuhr milde fort: „Meinst du das, was du in dem Raum in der Kommode versteckst? Ist es das? Ist da drin, was ich nicht sehen darf? Wenn du das meinst, das kenne ich doch schon längst. Dich kenne ich doch schon längst, mein Lieber. Keine große Sache, keine Sorge. ‚Versteckt' ist auch zu viel gesagt, wenn man es genau nimmt. Es ist doch so: Manchmal sind die Schubladen der Kommode sperrangelweit offen. Der Raum ist sowieso meist nicht verschlossen. Das musst du doch wissen. Das müssen wir beide doch wissen. Oder glaubst du, es sei anders? Wie sollte ich diese Einladung übersehen? Wie solltest du übersehen können, einzuladen? Das ist nicht Fort Knox, das ist eine offene Kirche. Nein, so ist's: Du bist meine offene Kirche und nicht mein Fort Knox. Wozu du fähig bist, mein Herz, das weiß ich nur zu gut", lächelte die Frau ihn an. Gar herzlich. Stille.

Die Frau stand elegant auf, schwang geradezu empor, und ‚wuschelte‘ dem Mann, der verstummt war, durch dessen Haupthaar. Sein Blick haftete am Boden. Sie sagte, wechselwillig: „Weißt du was? Du solltest dich ablenken, von mir ablenken lassen. Wir sollten etwas Schönes tun. Gehen wir tanzen? Das wäre doch etwas Schönes", schlug die Ehefrau, heiterer werdend, vor, mittlerweile den besprenkelten Schlüssel in der Spüle reinigend. Das Rot verschwand. Der Mann wollte noch etwas sagen. Doch das, was er sagen wollte, sagte er bloß sich selbst. Der Wasserstrahl in der Spüle übertönte.

Nachdem sie tanzen waren – sie ausgelassen, er eher verhalten –, lag er in der Nacht neben ihr im Bett und wachte. Er küsste ihre Stirn, sacht, sich zart nähernd. Kein Windhauch drang durch das angeklappte Fenster ein. Stille. Dann schrillte eine Sirene auf der Straße. Der Mann stand auf. Er knipste das Licht an. Er wusste: Sie schläft tief. Er wusste: Sie schläft fest. Dies wissend, verließ er das Schlafzimmer. Er ergriff den gesäuberten Schlüssel, öffnete langsam die Tür DES Raumes, bewegte sich zu DER Kommode, zog eine DER Schubladen auf und entnahm ihr einen alten Fotoapparat.

Wieder im Schlafzimmer angekommen, fotografierte der Mann seine Ehefrau. Er wusste: Die Fotografie würde er am anbrechenden Tag entwickeln und in eine Schachtel legen, die sich unter einer Bohle befand. Unter einer Bohle, die seine Frau nicht betrat. Unter einer Bohle, für die es keinen Schlüssel gab. Unter einer Bohle, die sich nicht in ihrer Wohnung befand. Er legte sich wieder ins Bett. „Du schläfst noch nicht?", fragte sie leise, halb schlummernd. „Gleich, mein Liebes." Und ihre unbedeckte warme Schulter kitzelte er mit den Haaren seines Kinnbartes.

STELLDICHEIN

„Bitte lassen Sie mich mit dem Wichtigsten beginnen:
Ich danke Ihnen dafür, dass Sie sich die Zeit nehmen,
mit mir zu sprechen. Das ist nicht selbstverständlich.
Glauben Sie mir, die Leserinnen und Leser unseres
Journals wird es sehr interessieren, was Sie zu sagen
haben."

> „Ich danke Ihnen für die Einladung. Wissen
> Sie, Ihre Anfrage war derart freundlich, gar
> höflich im Ton, da konnte ich nicht anders,
> als zuzusagen. Es wäre mir zumindest
> schwergefallen, abzusagen. Zu schwer."

„Das ist sehr freundlich von Ihnen. Ich werde unser
Gespräch auf Band aufzeichnen – diesem hier –, es
transkribieren – dies mache ich selbst –, sende Ihnen
Korrekturfahnen zu und warte auf Ihre Korrekturen
sowie – so meine Hoffnung – die Freigabe. Sie sollen
sich am Ende in dem Text wiederfinden, das ist mir
wichtig. Ansonsten veröffentlichen wir ihn nicht."

> „Sie verstehen Ihr Handwerk. Doch eigentlich
> sollte ich sagen: Sie verstehen es nicht. Das
> lässt mich hoffen. Bitte, beginnen Sie, ich
> bin gespannt."

„Beginnen wir – ich starte [KLACK], das Band läuft: Ihr Beruf gilt als schwierig. Denken Sie auch, dass er als schwierig gelten sollte?"

„Gilt er als schwierig? Wie kommen Sie auf dieses Wort?"

„Mindestens gilt er als, nun ja, ungewöhnlich. Nur wenige, mit denen ich sprach – ich hatte Bekannten und Kollegen gegenüber erwähnt, mit wem ich heute sprechen würde – könnten sich, so sagen sie es, vorstellen, Ihren Beruf auszuüben."

„Gut. Das mag sein. Mich verblüffen die Reaktionen nicht. Ich gebe dies gern zu: Die Ausübung hatte ich mir auch nicht vorstellen können, als ich diesem Beruf noch nicht nachging. ‚Übung' ist übrigens ein passendes Wort."

„Wieso ist es das?"

„Heute muss ich sagen: Es ist bloß eine Sache der Übung. Es kommt darauf an, ob man ein Techniker werden kann oder nicht. Mit Blick auf das, worauf es ankommt. Um nicht missverstanden zu werden: Es geht nicht darum, dass man technisch etwas Besonderes kann. Das kann, wirklich, nahezu jeder.

Sondern es geht darum, dass man sich selbst
als Techniker zu begreifen lernt, Techniker
sein zu können, aufzugehen in Technik.
Wenn man alles als einen rein technischen
Vorgang auffasst, in dem man selbst nur ein
Element ist, ein Prozesselement, ein sich
einlassendes Element, dann kann es gelingen,
den Beruf auszuüben."

„Es ist – so nennen Sie es – nichts als Technik?"
„Ja. Bitte glauben Sie mir. Es ist Ziehen und
Zerren, Lösen und Lassen, Steigern und
Senken, Zwicken und Zwacken, Streichen
und Schmieren, Drängen und Drücken,
Täuschen und Tätscheln, Heben und Haften.
Nichts anderes."

„Nichts anderes?"
„Demonstrierbar an jedem Objekt, das sich als
Demonstrationsobjekt eignet. An jedem X,
das Demonstrationsobjekt sein kann. Das
Demonstrationsobjekt sein möchte. Will es
anderes sein, dann wird es schwierig. Will
man anderes sein, dann wird es schwierig.
Da hilft dann keine Technik mehr."

„Gestatten Sie, dass ich dies unverhohlen frage: Wie können Sie so leben?"

„Technik. Keine Geräte. Man muss sich selbst um ein bestimmtes Maß vergessen lernen. Draufsicht. Zu Beginn fällt dies schwer. Elend schwer. Der Weg dorthin ist ein schmerzhafter. Ein elender. Aber man kann ihn gehen. Ich bin ihn gegangen."

„Ich unterbreche die Aufnahme [KLACK]. Verzeihen Sie. Ich weiß auch nicht recht, warum ..."

„Ich wollte Sie nicht schockieren."

„Sie schockieren mich nicht."

„Möchten Sie mich berühren?"

„Sie sind anmaßend."

„Das bin ich."

„Weil Sie mich retten wollen?"

„Weil ich mich retten will."

„Wir machen gleich weiter."

„Finden Sie mich nicht schön?" [KLACK]

SPRECHSTUNDE

„Sie sehen müde aus. Ihre Augen, Haut – reinste
Furchen. Schliefen Sie in der letzten Nacht? Störte
Sie der Donner, das Unwetter?"

    „Wenige Stunden nur. Nicht des Unwetters
    wegen. Ich konnte nicht. Mein Leib ließ
    mich nicht. Auch ruhen nicht. Da griff ich,
    in Unrast, zum Füller. Und schrieb."

„Haben Sie wieder eine Geschichte niedergeschrieben?
Sie sind produktiv, arbeitsam. Das könnte uns helfen.
Bitte, lesen Sie sie vor!"

    „Ein Kind sollte fast nur unter Kindern leben.
    Die Eltern sahen das Kind fast nie. Eines
    Tages merkte das Kind, dass es etwas zu sagen
    gehabt hätte. Als es den Eltern zu schildern
    versuchte, was es zu sagen gehabt hätte – da
    konnte das Kind das nicht. Es gelang nicht.
    Das Kind weinte. Verzweifelnd, heftig. Die
    Eltern, ungeduldig: ‚Wir können dich nicht
    verstehen. Wir wissen nicht, was du meinst.'
    Das wusste das Kind auch nicht recht. Es
    hatte keine Ahnung, wie zu schildern war,
    was mit ihm war, sodass die Eltern erfahren
    konnten, was mit ihm ist. Was es MEINTE.

Die anderen Kinder hatten nur gebrabbelt. Selbst konnte das Kind auch nur brabbeln. Sein Geist war verfangen in einem großen Brabbeln. Bloß das. Es konnte keine Worte finden, die dem Gemüt entsprachen. Das Gemüt konnte sich nicht veredeln, weil das Vokabular fehlte. ‚Da werden wir aber mal, oh ja, mit den anderen Kindern, oh ja!‘, polterte die Mutter. ‚Guggeldibadellija?‘ ‚Snapschu!‘ Etliche Gutachten wurden in Auftrag gegeben. Ferndiagnosen, Aktenberg. Man stellte dieses fest und jenes. Man schloss dieses aus und jenes. Man schloss dieses ein und jenes. Später ertränkte sich das Kind. Es hinterließ das, was man einen Abschiedsbrief nennt. Keiner verstand, was darin stand. Auf dem Grabstein matteten nur Zahlen. Als die anderen Kinder zur Beerdigung eingeladen worden waren – bloß eine unverständliche, schrille Anhäufung und Aneinanderreihung von Lauten. ‚Wie ist dir?‘, fragt eine alte, tiefe Stimme. ‚Geht so. Ach, ich weiß nicht. Stress mich nicht.‘ Knall. Gebrabbel. Ende.“

„Halten Sie das für eine Geschichte?“
„Sie?“

„Ich halte es für einen Fall. Der Sie mittelbar betrifft. Sie sorgen sich, richtig?"

„Ich gestehe: Ich übertreibe. Doch ich mag kaum mehr im Gebrabbel sein. Es fühlt sich an, als würde man in einer lauwarmen Buchstabensuppe ertrinken."

„Möchten Sie Kinder haben?"

„Schon die Frage – ich kann niemanden, wer kann jemanden ‚haben'? Ich bin überkritisch, verzeihen Sie. Eigentlich nur pseudokritisch. Nein, möchte ich nicht. Zu viel Macht. Von der man glaubt, sie gehe aus von einem. Das ist pränatal. Von der man aber sagen muss, sie konzentriere sich um einen. Das ist postnatal. Mir bleibt nur die Machtkritik. Da spielt der Zeitpunkt keine Rolle."

„Die Geschichte: Wie würden Sie sie nennen?"

„Titel: ‚Nachtschattengewächs'."

„Eingehend?"

„Setzen wir neu an? Ich möchte noch nicht eingehen. Noch nicht."

„Das machen wir: Verfassten Sie Weiteres?"

„Eine Frau setzte sich an ihren Schreibtisch. Ihre Aufgabe bestand darin, einen Brief zu verfassen. Das Schreiben sollte nicht an irgendwen gerichtet werden, sondern an jemanden, der ihr etwas hätte bedeuten können. Genauer ließ es sich nicht fassen. Es war noch unbestimmt. So unbestimmt, dass es spannend war. Sie nahm einen Stift zur Hand und begann: ‚Hallo …', da brach sie ab. Sie zerknüllte das Papier, auf dem sie die Anrede notiert hatte. Sie setzte neu an: ‚Sehr geehrter …', da brach sie ab. Auch dieses Blatt Papier zerknüllte sie. Es war alles andere als leicht, den Ton zu setzen, von dem sie dachte, dass er angemessen sei. Sie stand auf, ging im Raum auf und ab, sang ein Lied, goß die Blumen, und setzte sich wieder. Sie begann aufs Neue: ‚Werter …', und brach ab. Ein Außenstehender hätte nicht begriffen, wie schwer es ihr fiel, so anzusprechen, wie es anzusprechen galt. Die Gefahr: immer ein Zuviel oder immer ein Zuwenig. Sie schlug nach, welche Anreden es gibt. ‚Lieber' schien am ehesten zu stimmen, doch auch dies missglückte. Sie weinte."

„Was schrieb sie, letzten Endes?“

„Sie schrieb: ‚Komme!‘ Dieses Wort.“

„Bloß ‚Komme!‘?“

„Ja. Das kann man so und so verstehen, nicht
wahr? Entscheidend ist die Bewegung. So
verdichtet sich der Wunsch. Der Wunsch,
dass es eine Bewegung gibt, hin zueinander.
Mehr fiel mir nicht ein.“

„Kam wer?“

„Nein.“

„Wie soll ich Sie ansprechen?“

„Ihnen gelingt das schon ganz gut.“

„Sie machen sich lange Gedanken darüber, wie Sie
jemanden ansprechen?“

„Sehr lange. Man setzt ein Zeichen. Wissen
Sie, es ist wie in der Buchstabensuppe. Um
einen schwappt und schwimmt es, ohne das
Feuer, sich im Ausdruck zu wagen – das ist
in einem selbst Hitze, Aufregung.“

„Schlürfen Sie gern eine Buchstabensuppe?“

„Mein gütiger Himmel, nein!“

„Vielleicht – nur eine Idee – sollten Sie sich weniger Gedanken darüber machen, wie Sie etwas sagen."

„Sie meinen, dass ich mir weniger Gedanken über mich selbst machen soll?"

„Denken Sie, dass das die Pointe ist?"

„Sie ist es."

„Darf ich Ihnen eine Tasse Kaffee anbieten?"

„Das ist freundlich. Heiß, das muss der Kaffee sein. Und bitte servieren Sie ihn ohne A-Nudeln und B-Nudeln."

„Guggeldibadellija?"

„Snapschu!"

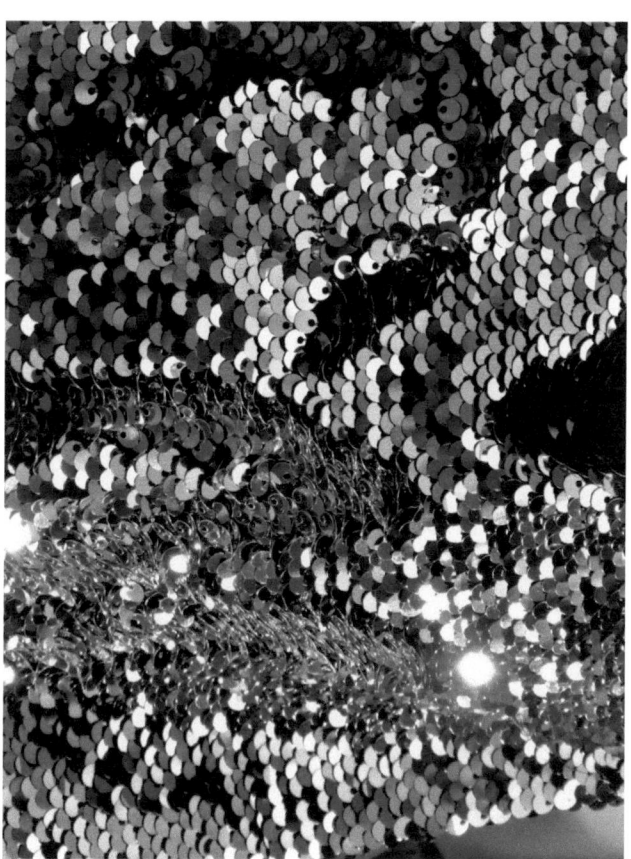

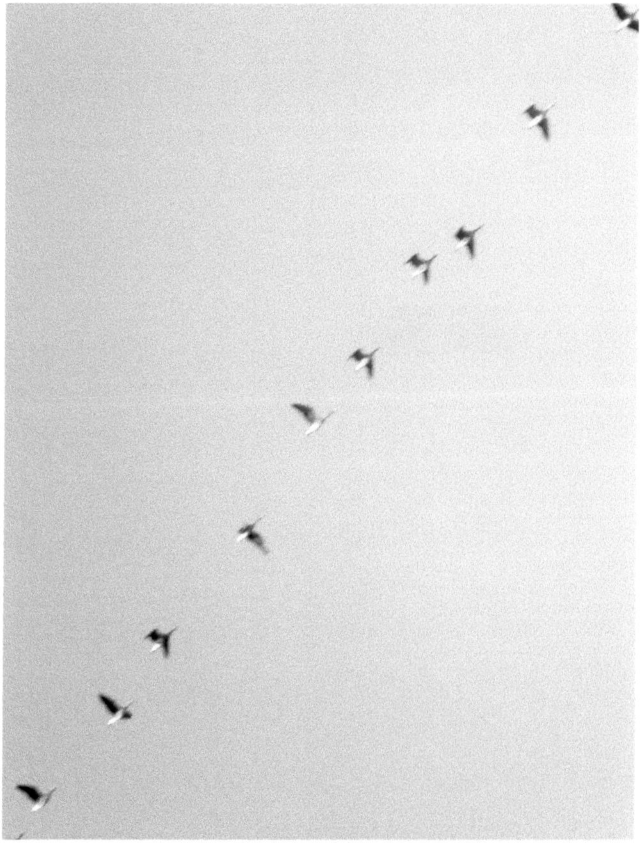

ABGANG

Sie hatten vor einem Café gesessen. Sie hatten etwas bestellt. Sie hatten mehr Worte ausgetauscht als Blicke. Gierende Spatzenschnäbel hatten sie umringt. „Oder waren es Tauben?", fragt er sich. „Krumen, gewiss." Aus dem Café hatte es gut gerochen. Mild und lockend. In dem Café hatten Stimmen Auftritte. Proben, Premieren und letzte Vorstellungen.

Am Rande, nahebei: ein Musikstück. Debussy. Mild und lockend. Dann hatten sie sich voneinander verabschiedet. Sie hatten jeweils anderes verstanden, als der eine „Adieu" sagte und als die andere „Adieu" sagte. Berührt hatte sie ihn nicht. „Das ist umsichtig von dir", hatte er geflüstert. Im Abgang hatte er es nicht gewagt, sich umzudrehen.

Er wanderte. Mehr oder minder empfindsam. Hinein in ein Stadtgebiet, das von mittlerem Wuchs war. Er trug Stoß um Stoß Papier, hinauf und hinunter, Stufe um Stufe. Manchmal grüßte er die, die ihn passierten. Manchmal sah er sie passieren. Manchmal verfiel er einem Ereignis. Meist nicht. Einmal, in einem kühlen Sommer, musste ihm aufgeholfen werden, nachdem er, eine Straße überqueren wollend, zusammengesackt war. Ein Anfall von Schwäche. Er dankte dem Helfer, wie er es vermochte. Er schüttelte ihm die Hand. Milde und dankbar. „Ich verdiene Ihre Freundlichkeit nicht“, flüsterte er, nachdem sich der bescheidene Helfer verabschiedet hatte. Der Gang der Wolken bereitete ihm gemäßigte Freude. Er ging zu Bett und er erwachte. Die Regelmäßigkeit stellte er fest.

Sie sitzen in einem Café. Sie bestellen etwas und tauschen Worte aus. Am Rande: ein Musikstück. Debussy. „Ein Streich“, denkt er. „Erinnerst du dich daran?“ Er denkt darüber nach, ob er sie dies fragen will. Darüber, was es mit ihm machen würde, sie zu fragen. Er denkt daran, die Frage zu stellen und wie sie, unbekümmert, erwidern würde: „Woran?“ Stattdessen entfährt ihm: „Stöße Papier, weißt du.“ Er muss schlucken, was er sagt.

Sie berührt den Henkel ihrer Tasse. „Dieses Stück Musik ist schön. Erinnerst du dich daran?“, fragt sie ihn. Dann bestellt sie nichts mehr. „Krumen, gewiss.“ Sie verabschieden sich. Sacht. Er dankt ihr. Sie dankt ihm. Ein Streich. Abgang.

ENTKERNUNG

Was ihn nicht ergreifen kann:
       eine Gefühlslosung, die ausgerufen wird.

Was ihn nicht locken kann:
       eine Aufgabe, die anstrengungslos erfüllt
       werden kann.

Was ihn ergreifen kann:
       eine Musik, die ihn bricht.

Was ihn schmücken kann:
       ein Sonnenglast, der Szenen fertigt.

Was ihn locken kann:
       ein Wort, das nicht stimmt.

Was ihn ergreifen kann:
       ein Unfertiges, das sich belässt.

Was ihn nicht locken kann:
       ein Wort, das nicht stimmen will.

Was ihn schmücken kann:
       eine Woge, die keinen Schaum schlägt.

Was ihn nicht ergreifen kann:
ein Kinderlachen.

Was ihn nicht ergreifen kann:
ein Kinderweinen.

Was ihn ergreifen kann:
eine Frau, die um sich kämpft.

Was ihn nicht schmücken kann:
ein Ding, das der Gekrönte ‚Krone‘ nennt.

Was ihn locken kann:
ein Schenkel, der glänzt.

Was ihn nicht locken kann:
ein Hergemachtes, das sich spreizt.

Was ihn ergreifen kann:
ein Stürzender, den man nicht sieht.

Was ihn schmücken kann:
ein Tropfen, den er nicht verachtet.

Was ihn nicht schmücken kann:
ein Verachten, das lodert.

Was ihn locken kann:
    ein Maunzen, das wehklagt.

Was ihn nicht ergreifen kann:
    ein Tod, der irgendeiner ist.

Was ihn ergreifen kann:
    ein Liebeswunsch, der stillt.

Was ihn locken kann:
    ein Wörterbuch.

Was ihn nicht ergreifen kann:
    eine Beratungsbereitschaft, die fault.

Was ihn schmücken kann:
    eine Hand, die ihn umschmeichelt.

Was ihn nicht locken kann:
    eine Geste, die eine sein will.

Was ihn nicht schmücken kann:
    eine Hand, die sich selbst umschmeichelt.

Was ihn nicht anöden kann:
    eine Verachtung, die angemessen ist.

Was ihn schmücken kann:
    ihre Brust, die Haupthaar umspielt.

Was ihn nicht locken kann:
    ein Fest, das zu Ehren veranstaltet wird.

Was ihn nicht schmücken kann:
    ein Lob, das nicht taugt.

Was ihn nicht locken kann:
    ein Mensch, der sich so einrichtet, nichts
    mehr als bräsig sein zu müssen.

Was er ergreift:
    das Band, das sie nicht reichen kann.

SPRECHSTUNDE

„Sie möchten mir einen Witz erzählen? Einen billigen
Witz, sagten Sie. Ist das Ihr Ernst?"
    „Heureka! Das versetzt Sie in Erstaunen."

„Nur zu, ich bin ganz Ohr."
    „Dafür muss man allerdings eines wissen:
    Es gibt eine U-Bahn-Linie 6 in Berlin. Und
    man muss wissen: Es gibt einen Film über
    den sechsten Sinn, in dem ein Junge einen
    toten Mann sehen kann. Der selbst nicht
    weiß, dass er tot ist. Der Junge sagt es ihm."

„Das ist aber voraussetzungsreich – also eher etwas für
Berliner, die auch noch Cineasten sind."
    „Achtung! Der Witz heißt ‚U-6-Sense'. Und
    geht so: »Sagt der eine: ‚Ick kann stinkende
    Menschen riechen.' Sagt der andere: ‚Ick
    och.'« Ein Brüller."

„Haben Sie getrunken?"
    „Ich wusste es! Ich wusste es, dass Sie mich
    das fragen würden. Weil Sie mir eine solche
    Niveaulosigkeit nicht zutrauen, stimmt's?"

„Haben Sie?"

„Nein. Ich bleibe zuweilen gern unter meinem
Niveau. Das ist alles. Verzeihen Sie. Hand
aufs Herz: Sie fanden das gar nicht amüsant?"

„Haben Sie eine Lieblingszahl?"

„Als Kind hatte ich eine. Heute weiß ich
nicht, wieso ich eine Zahl einer anderen, in
welchem Sinne auch immer, vorziehen sollte.
Sie erfüllen Zwecke. Ästhetisch verbinde ich
nichts mit ihnen. Nicht mehr."

„Haben Sie eine Lieblingsfarbe?"

„Ich Leierkasten, Sie wissen: Als Kind hatte
ich eine. Grün. Heute weiß ich nicht, wieso
ich Grün lieber haben sollte als Rot."

„Woran denken Sie, wenn ich Sie darum bitte, an die
Farbe Blau zu denken?"

„An eine Frau."

„An eine Frau? Weil es sich reimt?"

„Nein. Ich denke an eine bestimmte Frau.
Die von sich sagt, dass ihre Lieblingsfarbe
Blau sei. Das ist wirklich ein ästhetischer
Zusammenhang."

„Woran denken Sie, wenn ich Sie darum bitte, an die Farbe Grün zu denken?"

„An verbrannten Toast am Küchentisch, an Sonntagen, zum Frühstück. Als ich ein Kind war. Heute glaube, ein Kind gewesen zu sein."

„Gelb?"

„Daran, dass mir ästhetischer Sinn zu fehlen scheint. Ich wünsche mir, bitte glauben Sie mir, mehr mit den Farben zu verbinden. Etwas zu fühlen. Aber es ist nicht so. Ich kaufe Ihnen jede Farbenlehre ab. Die der Sekte A und die der Sekte B."

„Lassen wir das fürs Erste. Ich möchte, wenn Sie gestatten, auf etwas zurückkommen, das Sie in einer der letzten Sprechstunden erwähnten: Sie nannten es ‚Kinderglaube‘, wenn ich mich richtig erinnere. Der besagt, so meine Notiz, dass es ein Geschehen sei, einander zu entsprechen. Ich korrigiere, es war so: Der Glaube besteht darin, zu denken, dass einander zu entsprechen bloß ein Geschehen sei. Richtig?"

„Ja."

„Haben Sie es schon erlebt – das Entsprechen?"

„Bitte fragen Sie nicht."

„Warum nicht?"

„Das ist die Frage, die von allen, von allen am schwierigsten zu beantworten ist. Deswegen ja auch: Glaube. Da steckt alles drin. Hoffnung, Wunsch, Sehnsucht, Realität, Ideal, Trug, Wahrheit. Ob es IST, das ist eine Frage."

„Was bedeutet ‚Entsprechung'?"

„Es ist richtig, dass Sie mich dazu bringen wollen, den Begriff zu definieren. Aber das kann ich nicht. Wer noch nie das Empfinden hatte, dass es eine Entsprechung geben könnte, der weiß nicht, worüber ich rede."

„Was bedeutet Ihnen Entsprechung?"

„Mehr als ich sagen kann. Aber nicht alles."

„Es bedeutet anderes als ‚Verständigung'?"

„Auch. Aber das können wir auch. Uns, nun ja, verständigen. Zusammen suchen. Mit Symbolen um uns werfen. Brotlos kreisen. Dafür danke ich Ihnen, im Übrigen – den Preis zahlend."

„Ist Entsprechung Entblößung?"

„Ich glaube, das trifft es."

„Weswegen möchten Sie das?"

„Weil man einander sonst nicht rühren kann.
Was sonst ist schön zwischen uns?"

„Suchen Sie Entsprechung zu erzwingen?"

„Ja. Wo sie möglich wäre, dort töte ich sie.
Mit Ungeduld. Ich ahne. Dann schieße ich.
Eilfertig. Was da war, ist dann weg."

„Fürchten Sie sich vor dem Untergrund?"

„Nein."

„Gut. Haben Sie eine neue Geschichte verfasst? Wenn
dies der Fall wäre, dann würde ich mich freuen, wenn
Sie sie mir vorlesen."

„Gern. Sie ist – hier: Eine Mutter lädt ihre
Kinder, drei sind es an der Zahl, auf ein rotes
Hausdach in der Innenstadt ein. In der einer
Großstadt. Die Kinder stellen sich nicht die
Frage, weswegen ihre Mutter sie auf ein Dach
einlädt. Sie treffen sich. Die vier begrüßen
einander. Die Mutter hat sogar daran gedacht,
Kuchen zu backen und mitzubringen. Ein
Familiensonntag. Auf einem Dach. Die vier
unterhalten sich, über dies und das. Es ist
nett, wie man so sagt. Nett und ungefährlich.

Dann eröffnet die Mutter, dass sie doch nichts mehr sei als eine Last – für die Kinder und sich selbst. Sie sei depressiv. Sie fühle es. Weiter sollte es nicht mehr gehen. Allerdings könne sie ihrem Leben kein Ende setzen. Es sei zu schwierig. Darum habe sie die Kinder auf das Dach eingeladen. Eines der Kinder solle ihr den Stoß versetzen. Sie habe einen Brief verfasst, der ihren Sturz erläutert. Die Kinder hätten nichts zu befürchten. Kurze Pause. Da fragt das erste Kind, ein Sohn, ob man ihm nicht auf die Schliche kommen würde. Immerhin hat die Mutter telefonisch eingeladen, wer weiß? Sie beschwichtigt. Da fragt das zweite Kind, eine Tochter, ob es nicht jemanden gebe, der sie auf dem Dach sieht. Sehen könnte. Spähen könnte. Die Mutter erklärt, dass sie das mit den Winkeln überprüft habe. Außerdem: Es sei im Finstern möglich. Da fragt das dritte Kind, ob die Mutter nicht verstehe, dass es Angst hat. Dass die Angst vor den Konsequenzen so bestimmend ist, dass der Stoß nicht erfolgen könne. Das sei zu gefährlich. Die Mutter nickt. Sie packt ein, die vier grüßen einander und das Dach wird menschenleer."

„Das ist interessant. Haben Sie eine Ahnung, wie Sie auf eine solche Geschichte kommen konnten? Warum Sie genau diese verfasst haben?"

„Wirklichkeit."

„Wirklichkeit?"

„Einer meiner Onkel war älter geworden. Alt noch nicht, würde ich sagen, aber älter. Es schien so zu sein, dass er bereits seit Jahren mit Depressionsschüben zu kämpfen hatte. Er lebte allein. Er lebte zurückgezogen. Dazu kamen zu viele Tabletten. Tabletten, deren Namen ich nicht aussprechen kann. An einem Tag, dies wurde mir berichtet, lud der Onkel seine beiden Kinder zu sich ein. Seinen Sohn und seine Tochter. Er sagte: ‚Wenn ich mich irgendwohin begebe und mich stürze, stürze von einer Klippe und nicht gefunden werde und anderes vorbereite, dann könntet ihr, ihr, noch meine Rente beziehen. Das lässt sich machen. Das wollte ich euch sagen. Was haltet ihr davon?' Der Sohn sagte, dass er sich das nicht anhören wolle, nicht anhören könne. Ob der Vater wisse, was er sagt, fragte ihn der Sohn. Ob ihm bewusst sei, worum es dabei geht. Die Tochter saß bloß ruhig da.

Mag sein, dass sie den Vater besser verstanden hatte, als der Sohn ihn verstanden hatte. Da war das Treffen aus."

„Das hat Ihnen die Tochter erzählt? Der Sohn?"
„Weder noch."

„Der Onkel hat es Ihnen erzählt?"
„Nein."

„Ich gehe nicht davon aus, dass Sie die Wohnung oder das Haus Ihres Onkels mit Wanzen präpariert hatten. Das hatten Sie doch nicht?"
„Es ist viel einfacher. Auch das war nichts als eine Geschichte. Eigentlich war es so: Mein Vater hatte eingeladen. Nein. Wir, das heißt seine Kinder, waren sowieso vor Ort. Da tischte er diese Variante auf. Es hätte erfasst werden sollen als das, was es war: bloß ein informatives Gespräch. Zustand. Eigentlich ein Anruf. Irgendeine Erpressung? Wissen Sie, das vermag ich nicht zu sagen. Allerdings finde ich die Geschichte mit der Mutter auf dem Dach ausbaufähig. Verstehen Sie das? ‚Ausbaufähig'. Mein zweiter Brüller heute. Und eine Geschichte."

„Was geschah dann?"

„Nichts Besonderes. Man lebte."

„Waren Sie beunruhigt?"

„Dafür schien mir dies alles allzu absurd zu sein. Ich war wütend. Ob es gerecht war, wütend zu sein? Ob es richtig war, im Innern nicht besonnen gewesen zu sein? Ich weiß es nicht."

„Haben Sie schon einmal daran gedacht, sich das Leben zu nehmen?"

„Darauf kann ich nur so antworten: Als Gedanke ist mir alles bekannt. Fast alles. Gestatten Sie: Ist das nicht das, was uns eint? Was die Meisten von uns eint? Noch mehr relativiere ich nicht! Bitte sagen Sie mir nicht, dass ich mich irre."

„Würden Sie sagen, dass Ihr Vater eine besondere Schwäche hatte, die Ihnen bis heute im Gedächtnis geblieben ist?"

„Er konnte nicht stumm stürzen."

„Welche ist Ihre größte Schwäche?"

„Nicht stumm stürzen zu können."

„Was verzeihen Sie nicht?"

„Das haben Sie schön vorbereitet: nicht
stumm stürzen zu können."

„Möchten Sie mir noch einen Witz erzählen?"
„Es fühlt sich so an: zu spät."

„Sollen wir eine Pause einlegen?"
„Ich danke Ihnen für Ihre Freundlichkeit."

„Darf ich Sie zuvor noch salben?"
„Ich gestatte es."

BALUSTER

Wenn er erwacht, glänzt der Baluster
im Augendonner, Dämmerlicht,
erstrahlt die Hoffnung, dass er bricht,
     und dass er glänzt: Das will er nicht.

Wenn er entsteigt, bleibt der Baluster
in seiner Reihe, ehrt die Pflicht,
teilt er sich doch des Laufs Gewicht,
     und dass er glänzt: Das will er nicht.

Wenn er ergreift, wehrt der Baluster
im Sehnenschwanken, Weltgericht,
sich mit dem Schweigen – „bist es nicht,
     und dass ich glänz': Das will ich nicht."

Wenn er erwacht, wacht der Baluster
im Dämmerdonnern, Augenlicht,
von allem nichts – die Hoffnung bricht,
     dass er dir ist: Das will er nicht.